새들의 세탁소

이사람

인문MnB

새들의 세탁소

이 사 람

인문MnB

4

나는 인형입니다.
이름은 마로구요. 오두막에서 혼자 살아요.

작은 오두막이 운동장만하게 커 보일 때가 있습니다.
아무도 없다고 느낄 때입니다.

나에 대한 기억은 별로 없습니다.
나를 만든 분이 누구인지도 모릅니다.

시장에 숯을 내다 팔고 돌아오는 길입니다.

나뭇가지에 걸린 구름이 거위 가슴 털 같은 눈송이를 흘립니다.
눈이 내리자, 소리만 들리던 바람의 모습이 보입니다.

바람은 눈이 어두운가 봅니다.
길을 찾느라 나무들을 더듬고 있습니다.

날이 저물기 전에 서둘러야겠습니다.

그런데 왜 나는 전나무 숲 앞에서 우두커니 서 있는 걸까요?

이런 나를 이해할 수가 없습니다.

이것뿐만이 아닙니다.

동백꽃이 피면 복숭아뼈가 간지럽고,
바람이 불면 흔들리고 싶고,
저물어가는 강을 보면 흘러가고 싶습니다.

9

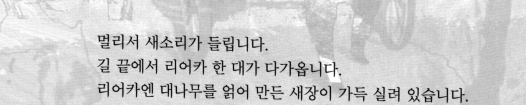

멀리서 새소리가 들립니다.
길 끝에서 리어카 한 대가 다가옵니다.
리어카엔 대나무를 얽어 만든 새장이 가득 실려 있습니다.
새장 속에는 이름도 알지 못하는 새들이 노래를 부르고 있습니다.
노랫소리가 아름답습니다.

"안녕하세요?"
"그래, 숯은 많이 팔았니?"
새 장수가 리어카를 세우며 묻습니다.
"그게……."
"장사가 시원치 않았나 보구나."
"네."
"눈이 내릴 모양이다.
서둘러 돌아가거라. 숯이 젖으면 큰일이니."
새장수가 걱정스럽게 말합니다.

그런데 하나같이 새들이 불편해 보입니다.

"날개를 다친 새들이란다."
새들을 바라보는 내게 새장수가 말합니다.
"불쌍해요. 고칠 순 없나요?"
"새들의 세탁소에서도 손 쓸 수 없는 새들이란다."
새 장수가 고개를 저으며 말합니다.

돌아서 가려는 내게 새장수가 말합니다.

"너도 새들의 세탁소에 가보는 게 좋겠구나."

비와 바람에 어깨가 많이 풀어졌습니다.

나는 강 건너 새들의 세탁소에 박음질하러 가는 중입니다.

12

그곳에선 새들의 다친 곳을 수선해주거나,
대륙을 건너온 철새들의 늘어난 날갯단을 줄여줍니다.

14

눈 덮인 호수를 지나는 내내 새들을 보았습니다.
응달진 곳에 아픈 새가 벗어두고 간 외투가 걸려 있습니다.

나도 모르게 어깨가 뻐근해지고 자꾸만 휘파람을 붑니다.

15

16

강을 건너기 위해 배를 기다리고 있는 중입니다.

한나절 동안 숯을 배달하느라 너무 늦게 길을 나선 듯합니다.
오늘 안으로 새들의 세탁소에 도착하기는 힘들 것 같습니다.

물고기 튀는 소리가 어두워지는 강 표면을 타고 전해옵니다.

그 소리가 무척 차고 쓸쓸합니다.

강을 바라보니 나도 강물처럼 마냥 흘러가고 싶어집니다.

19

자작나무에 간판처럼 앉은 크낙새가
새들의 세탁소 방향을 가리킵니다.

세탁소 지붕과 마당엔
엉킨 실 뭉치들과 녹슨 바늘 같은
잔솔잎들이 널려 있습니다.

조심스럽게 노크하자, 허리가 굽은 할머니가 나옵니다.

"아무도 안 계세요?"
"너로구나."

노을에 물든 내 얼굴을 바라보던 할머니가 말합니다.

"어서 들어오너라."
"저는……"

"많이 낡긴 했지만, 어릴 때 모습이 남아있구나."

할머니는 은근슬쩍 따라 들어오려는 찬바람을 밖에 세워두고
문을 닫습니다.

문고리를 만지작거리던 찬바람은
들창을 두드리다 체념한 듯 가버립니다.

"할머니, 저를 아세요?"

"알고말고."

잠시 나를 의자에 앉혀둔 할머니가 쟁반을 들고 나옵니다.

"배가 많이 고프겠구나?"

쟁반엔 강낭콩 박힌 호밀 빵과 찐 호박
그리고 연뿌리와 들깻잎 피클이 놓여있습니다.

배가 너무 고픈 나는 정신없이 먹기 시작합니다.
그런데 강낭콩과 들깻잎 피클이 아주 맛있습니다.

"저는 강낭콩과 들깻잎이 제일 좋아요."
"그럴게다."
"네?"
"삶은 옥수수도 좋아할걸. 옥수수수염 차도 즐기고."
"그걸 어떻게……?"

놀랄 일도 아니라는 듯 빙그레 웃는 할머니가
호밀 빵에 박힌 강낭콩을 빼내 건네주며 말합니다.

"이것 좀 더 먹으렴."

25

27

옥수수수염 차를 마시며
난롯가에 앉았습니다.

할머니가 마른 솔잎을 한 움큼 난로에 넣자,
늦가을 저녁 냄새가 납니다.

덜 마른 솔방울 몇 개를 넣자,
젖은 연기에선 겨울비 냄새가 납니다.

할머니가 찌르레기의 깃털을 손질하며 말합니다.

"많이 닳았구나."

"네, 어깨가."

"시간은 어쩔 수 없구나. 이리 낡은 걸 보면."

"그런데 어떻게 저에 대해 잘 아세요?"

"한때 이곳에 살았으니 알지."

"네?"

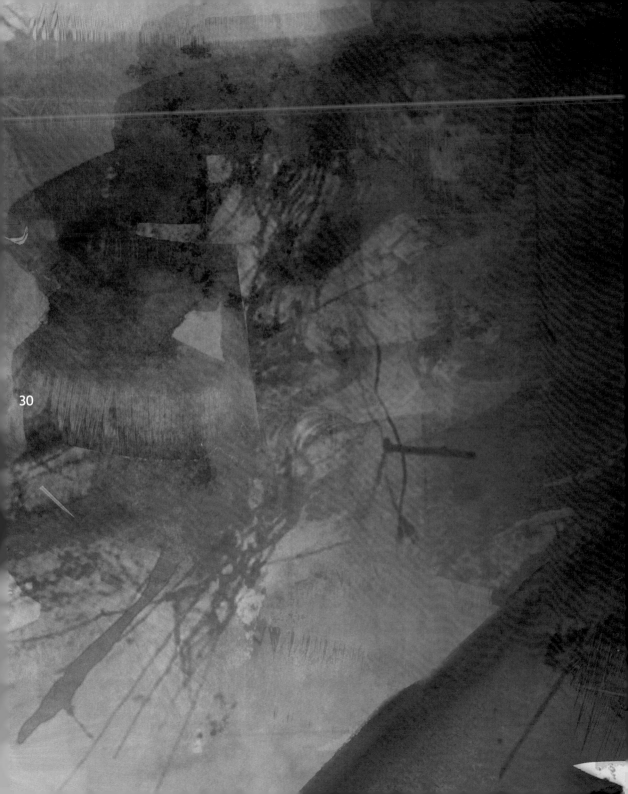

30

"혹시 산비탈 옥수수밭 옆에 있는 폐가를 보았니?"

"네."

"그곳에서 네가 만들어졌단다."

"정말요? 그런데 왜 저는 기억이 하나도 안 나죠?"

"당연하지. 아주 오래전 일이니."

"저를 만드신 분도 아세요?"

"물론이지."

나를 만들어주신 분에 대한 기억이 전혀 없는 건 아닙니다.

희미하게 남아 있는 건 냄새입니다.
그분에게선 방금 막 걷어온 흰 빨래냄새가 나곤 했습니다.
그건 차가운 바람과 따스한 햇볕을 잘 섞어놓은 냄새였습니다.

그 냄새가 몹시 그리울 때가 있습니다.

34

할머니가 돋보기를 벗으며 이야기를 시작합니다.

"어느 날 그분이 호두 한 알을 얻어오셨지.
호두를 동백기름으로 닦은 후, 깨끗한 면 손수건에 싸서
속치마 주머니 속에 넣고 다니셨단다."

"좀 더 마셔라."

할머니가 빈 잔에 다시 차를 채워줍니다.
창으로 들어온 핼쑥한 달빛이 창가 쪽 의자에
슬그머니 기대앉았습니다.
옥수수수염 차 끓는 소리가 대나무 숲을 빠져나가는
바람 소리 같습니다.

"밭에서 들깨 두 알과 강낭콩 한 알을 주워오셨지.
촛농으로 호두에 들깨 두 알을 붙이고, 작은 두 개의 숨구멍을 낸
강낭콩을 그 아래에 붙이셨지. 그리고 저녁 강에서 얻어 온
도톰한 어린 붕어의 입술도 붙이셨단다."

"그럼 그게……."

"그래, 너의 얼굴이란다.
아! 네 머리카락은 옥수수 잔 수염을 붙인 거란다."

눈과 코와 그리고 입을 찬찬히 만져보았습니다.

조금 전 들깻잎 피클과 강낭콩이 유독 맛이 있었던 이유를
알 것 같습니다. 그리고 머리카락이 왜 연한 노랑이고,
겨울바람만 불면 푸석푸석 갈라지는지도.

38

40

갑자기 문을 두드리는 소리가 들립니다.
문 밖에 검은 망토를 걸친 까마귀 한 마리가 서 있습니다.

"어쩐 일이니?"
"먹이 때문에 다투다 발을 다쳤어요."

달빛에 까마귀의 발을 살펴보던 할머니가 혀를 차며 말합니다.

"많이 까져서 덧대야겠구나. 내일 다시 오너라.
가문비나무 껍질을 준비해 둘 테니."

"네, 할머니."

까마귀는 앞뒤로 머리를 크게 두어 번 끄덕이며 어두운 숲으로
사라집니다.

할머니가 숲을 향해 큰 소리로 말합니다.

"애야, 텃세 부리지 마라. 소심한 새들이 세탁소에 못 오잖니."

할머니가 다시 이야기를 시작합니다.

"큰 눈이 오던 겨울이었을 게다.
전나무 숲에서 얼어 죽은 새의 가슴을 주워오셨지.
찬 강물에 여러 번 씻은 후,
겨우내 바람과 볕에 말리셨단다."

"그럼 저의 가슴……."

할머니가 고개를 끄덕입니다.

"호두와 새의 가슴을 붙이려 했지만, 쉽지가 않았단다.
그래서 꽁꽁 언 바람이 조금씩 풀릴 때쯤 여린 대나무순 마디를
구해와 그 사이에 끼워 넣었지."

할머니가 자신의 흰 머리카락 한 올을 뽑아 바늘귀에 끼웁니다.
티티새의 깃털 끝 쪽을 꿰매고는 빙빙 돌려 매듭을 짓습니다.
그리고 달궈진 인두로 깃 주름을 펴며 말합니다.

"새들의 날개를 수리하는 건 참 힘든 일이란다.
꼼꼼하게 수리하지 않으면 하늘을 날다가 큰일이 날 수도
있거든. 잘못하면 영영 날개를 쓰지 못할 수도 있지.
새들은 여벌의 날개가 없으니 그리되면 큰일이지."

"그럴 것 같아요."
"그런데 너는 모를 게다."
"뭘요?"

"그보다 수백 배, 아니, 수천 배 더 정성을 들여
그분이 너를 만들었다는 것을."

할머니의 말에 어떤 말도 할 수가 없습니다.

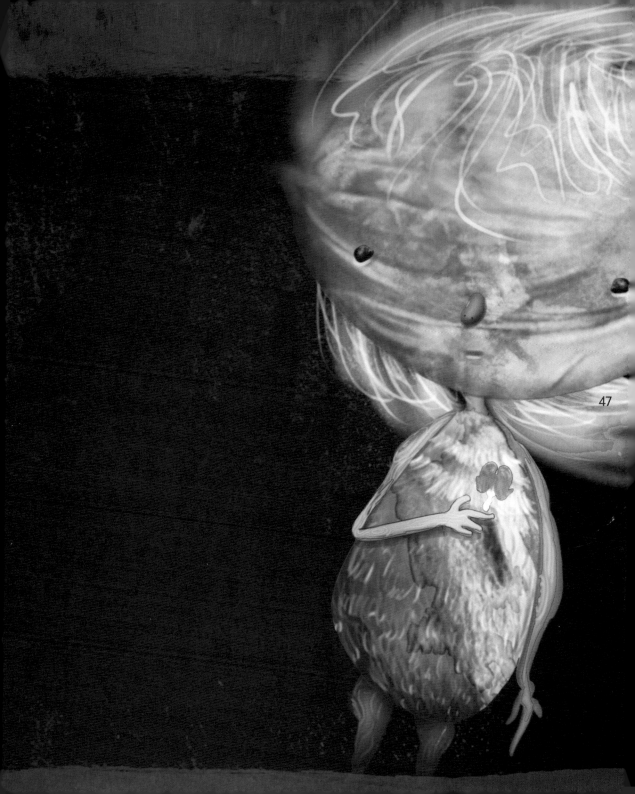

47

"아참! 어디까지 얘기했더라?"

"호두와 새 가슴 사이에
여린 대나무 순 마디를 끼운 것 까지요."

"그래, 맞다. 다음 해 봄이었지. 날개가 있던 자리엔
연한 버드나무 생가지를, 다리가 있던 자리엔 복숭아뼈처럼
옹이 진 동백나무 가지를 다셨단다."

눈 덮인 전나무 숲을 지나면 들어가 눕고 싶고,
연한 버드나무 가지를 보면 꺾고 싶고,
복숭아뼈를 자꾸 만지고 싶었던 이유도 알았습니다.

검푸른 숲에선 새벽 기운이 꼬물꼬물 기어 나옵니다.
강 건너 마을에서는 이른 닭 울음소리가 들려옵니다.

"그래, 이 시간쯤일 게다."
"뭐가요?"
"그분이 새벽에 돌무덤에서 선홍색 금낭화를 따오던 시간이."
"금낭화요?"
"금낭화를 너의 가슴 왼쪽에 넣어주자,
그때부터 너는 그분이 보이지 않으면 울기 시작했단다."

둥근 창으로 보이는 새벽하늘엔 묽은 별들이 떠 있습니다.
별을 바라보던 할머니가 말합니다.

"너의 방 천장에도 야광 종이 별들이 가득했었지.
낡은 종이별을 따다 골방에 가져다 놓은 후, 너는 그분이
신겨준 고무신을 신고 쪽배처럼 그분의 등을 떠다녔단다."

49

붉은색 꽃을 보면 가슴이 두근거리고,
밤하늘에 별을 쫓다 새벽에야 잠이 들고,
사람들의 등만 보면
무작정 달려가 업히고 싶었던 때가 떠올랐습니다.

"소나무 숲에서 빌려 온
무당거미 줄로 짠 저고리를 입혀
조심스럽게 땅에 내려놓자,
너는 그분 옆에서 손 꼭 붙들고 걷다가,
손 안 잡고 뒤따라오다가,
저만치 앞서 빨리 오라 재촉하다가,
그분을 부축하다가,
그분이 아파서 땅에 눕자,
어서 일어나라고
곧 날이 저문다고 섧게 울었지."

나도 모르게 손이 자꾸만 눈 쪽으로 향합니다.
그런 나를 바라보던 할머니가 말합니다.

"그리운가 보구나?"

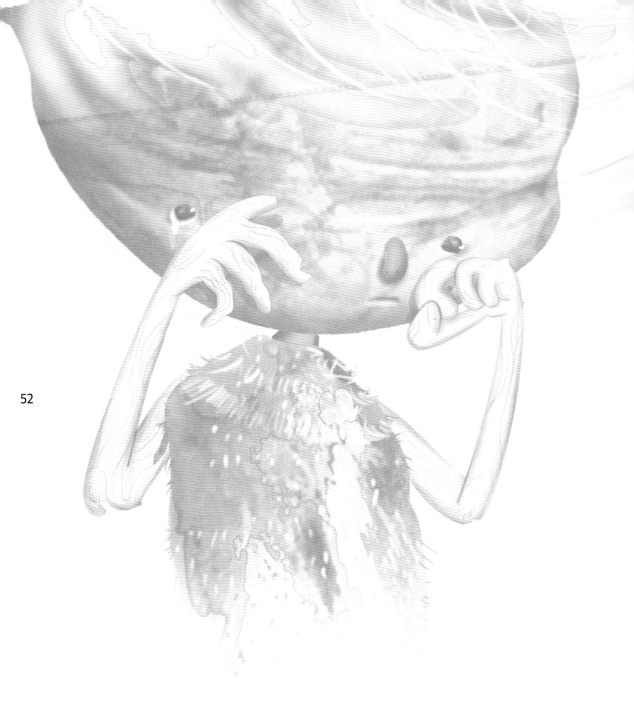

52

입을 열면 참았던 눈물이 쏟아져 내릴 것 같아
고개만 끄덕입니다.

"그리움도 살아 있는 생물이란다. 시간을 먹고 쑥쑥 자라는."

할머니가 얼굴을 들지 못하는 내 등을 토닥거리며 묻습니다.

"그분의 이름도 모르겠구나?"
"네, 죄송해요."

할머니가 오히려 난처해하며 말합니다.

"아니다. 너무 오래전 일이니 잊어버린 게 당연하지."
"그래도 저를 만들어주신……"

"잊어버린 게 잘못은 아니란다.
잊어버렸다는 것조차 잊어버리고 사는 게 잘못이지."

할머니가 내 손을 꼭 쥐며 말합니다.

"그분의 이름은 어머니란다."

55

세탁소 마당에
새들의 날갯짓 소리가 부산스럽습니다.

부지런한 새들은 이미
낙엽 번호표를 부리에 물고 줄을 섰습니다.

문을 나서기 전,
할머니가 손수건으로 내 얼굴을 닦아주며 말합니다.

"아침을 먹여서 보내야 하는데."
"괜찮아요. 빨리 가서 배달할 것도 있구요."
"어깨를 못 고쳐 어찌하누."
"봄에 다시 올게요."

할머니가 활짝 웃는 나를 꼭 안아주며 말합니다.

"봄에 오면 세탁소는 문을 닫았을 게다.
이젠 나도 철새들과 떠나야 하거든."

할머니가 작은 보자기 하나를 손에 쥐여 줍니다.

"이게 뭔가요?"
"바늘이랑 실이란다."
"이것을 왜 주시는 거죠?"
"이젠, 상처는 너 스스로 꿰매도록 해라."

세탁소 입구까지 배웅 나온 할머니가
돌아서 가는 내게 말합니다.

"너는 혼자가 아니란다. 어머니는 늘 곁에 있단다.
잠결에 들리는 창밖에 봄비 소리에도,
가을 숲길에서 어깨를 디디고 지나는 바람결에도
그리고 네 마음속에도."

59

언 호수 건너편 숲에서
딱따구리가 나무꾼처럼 도끼질을 합니다.

걸어오는 내내 다리가 불편합니다.
만져보니 한쪽 무릎이 틀어져 있습니다.

절뚝거리며 걷다 전나무 숲 앞에서 멈췄습니다.
물끄러미 한참을 바라보다 안으로 걸어 들어갔습니다.
나무들이 놀라 들고 있던 눈송이를 떨어뜨립니다.

오후 햇살이 나무에 비스듬히 기대어 있습니다.
햇살을 슬며시 끌어와 덮고 눈 위에 누웠습니다.

바람이 속삭이며 지나갑니다.
순간 들을 수 있었습니다.

큰 눈이 내리던 날,
얼어 죽은 새의 가슴을 주워 집으로 돌아가던
어머니의 발자국 소리를.

61

이제는 알 것 같습니다.

어머니가 끌어다 모아 얽어맨 나도
언젠가 때가 되면 다 허물어져 빈 들판에 흩어질 거란 것을.

그리고 먼 훗날 하얀 들깨 꽃으로 다시 피어나고,
저녁 강에서 어린 붕어가 되어 저무는 노을을 바라보다
잠이 들 거라는 것을.

63

64

새들의 세탁소

초판 인쇄 | 2020년 08월 05일
초판 발행 | 2020년 08월 15일

지은이 | 이사람
펴낸이 | 이노나
펴낸곳 | (주)인문엠앤비
그림 | 신재원
디자인 | 홍리언

주소 | 서울특별시 종로구 북촌로 135
전화 | 010-8208-6513
등록 | 제2020-000076호
E-mail | inmoonmnb@hanmail.net

값   10,000원

ISBN   ISBN 979-11-971014-1-0 03800

이 도서의 국립중앙도서관 출판시도서목록(CIP)은
서지정보유통지원시스템 홈페이지(http://seoji.nl.go.kr)와
국가자료공동목록시스템(htpp://www.nl.go.kr/kolisnet)에서
이용하실 수 있습니다. (CIP제어번호: CIP2020032056)

Printed in KOREA